LE CHANOINE

INDISPOSÉ;

Par P....., Associé à l'Académie de Dijon, non résidant.

✦◉✦◉✦

A DIJON,

De l'imprimerie de CARION, place Royale.

1820.

LE CHANOINE INDISPOSÉ.

CONTE.

Un vieux, mais vigoureux Chanoine
De l'église de Calcédoine,
De bile et d'humeurs par trop plein,
Certain jour se sentit atteint
D'une violente colique ;
Il appelle sa domestique
Qui reposait paisiblement,
Par de jolis songes bercée,
Dans les bras du triste Morphée.
Colette se lève à l'instant,
S'habille et court tout éplorée
Pour s'informer de l'accident
Qui vient troubler cette journée.
Le pauvre chanoine éperdu,
Et par la douleur abattu,
Dit à sa jeune gouvernante,
Qui se désole et se lamente :
Ah ! je suis mort, je suis perdu !
Touche un peu, ma pauvre Colette,
Mon ventre; comme il est tendu !
Ah ! que mon état m'inquiète !
Qu'on aille donc, et sans retard,
Chercher tous les secours de l'art :
Qu'on amène aussi le notaire

Et mon confesseur ordinaire;
Car je veux payer grassement
Ton zèle et tes soins, mon enfant,
Et mourir en bon catholique :
Il convient qu'un prêtre se pique
D'édifier au moins en mourant,
S'il ne le fait de son vivant;
C'est la meilleure politique.

Comme le mal allait toujours croissant,
Colette fut prudente et sage,
Et mit aussitôt en usage
Tout ce qui lui vint à l'esprit :
Bains chauds, potions anodines,
Les frictions sur le nombril
Sans toucher aux parties voisines;
Et patiemment attendit
Les secours de la médecine,
Faisant en son ame chagrine
Les plus tristes réflexions
Tant sur les dispositions
Dans lesquelles paraissait être
Son digne et très-généreux maître,
Que sur l'événement de mort
Qui pouvait déranger son sort.

Sans délai fut fait le message;
Le chirurgien, le médecin,
Un notaire, un vieux capucin,

Tous oiseaux de fâcheux présage ,
Arrivent presque au même instant ;
Le chanoine les envisage
L'un après l'autre , en frémissant;
Et , quoiqu'il s'armât de courage ,
La peur lui causa toutefois
Le dévoîment pendant un mois.
Le confesseur et le notaire ,
Quoique d'état fort différent ,
Ne sont certes pas faits pour plaire
A celui qui se croit mourant.
L'un , sans détour et sans mystère ,
Lui dira : Vous n'êtes pas mort ,
Mais vous êtes tout sur le bord
Du redoutable précipice :
Insensiblement on y glisse;
Si vous êtes un peu prudent
Vous ferez votre testament ;
Il serait dangereux d'attendre ,
Car la mort pourrait vous surprendre.

Ce langage est moins captieux
Qu'indiscret, sot et ridicule ;
L'adroit confesseur saura mieux
Au mourant dorer la pilule ;
Mais un vieux docteur, assisté
D'un jeune officier de santé ,
Laissent encor plus de dommage
Sur leur passage :

Heureux lorsqu'en nous guérissant,
Ils ne font payer qu'en argent
Les frais de leur apprentissage!

Après les complimens d'usage,
Le malade un peu rassuré,
Ayant ses forces mesuré,
Dit, en s'essuyant le visage :
Quoi qu'il en soit, je veux, primò,
Crainte de mourir subitò,
Tranquilliser ma conscience,
Expier par la pénitence
Mes torts et mes égaremens.
Séyez-vous, père Boniface,
A côté de moi prenez place;
Je sais que mes péchés sont grands,
Mais sincère est ma repentance,
Et sur la divine clémence
Je compte depuis très-long-temps.

Je fus voué dès ma jeunesse
Au saint état que je professe :
« Te voilà bientôt à vingt ans,
Disaient sans cesse mes parens,
» Il faut prendre un état de vie. »
Les armes étaient ma folie;
Pour m'en guérir, un prieuré
Me fut par l'évêque assuré,
Et six mois après conféré.

Il me donnait rang dans l'église,
Et me produisait mille écus
Fixes et clairs de revenus ;
Mais, pour parler avec franchise,
J'acceptai sans réflexion,
Sans sonder ma vocation.
Je rendis, cependant, grâce à la Providence
De ce qu'elle ajoutait à mon honnête aisance.
Je me crus fait pour cet état ;
J'aimais le luxe et la mollesse,
D'un prêtre j'avais la souplesse;
Mais j'abhorrais le célibat :
Déjà je sentais en mon âme
D'un feu naissant l'ardente flamme,
D'inquiets désirs, un doux penchant
Vers le beau sexe m'entraînant.

Pour jouir de ce bénéfice
Fallait porter tonsure et cheveux courts,
Quitter les jeux, les plaisirs, les amours.
Qu'il fût coûteux pour moi ce sacrifice !
Cependant je m'y résolus :
Du prieuré les revenus
Me flattaient plus que le breviaire
Qu'ordonnait une loi sévère.

Quand je fus proprement tondu
Et tonsuré, bien entendu ,
Je me crus, avec ma soutane ,

Beaucoup plus qu'un prélat titré ,
Ou qu'un abbé crossé , mitré ;
Je me pavanais comme l'âne
Jadis de reliques chargé :
L'orgueil , dans l'état du clergé ,
Domine plus que dans tous autres ,
Car il croit que la vanité
Est éminente qualité
Chez les successeurs des apôtres.
Tout le temps que je fus prieur
Je vécus comme un gros seigneur ;
Car ma plus importante affaire
Etait de manger et dormir ,
Et s'il me restait du loisir
Je l'employais à mon breviaire ,
Qui , du reste , était de mes soins
Celui qui m'occupait le moins.
J'avais laquais , cocher , voiture ,
Le ton fier et l'âme si dure
Que j'éclaboussais sans pitié
Et la noblesse et la roture.
De cet état je m'ennuyai ,
Et tout - à - coup je permutai
Dans un moment de fantaisie
Mon prieuré contre un canonicat.
J'en gémirai toute ma vie ;
Car , en retour , j'exigeai qu'on payât
En bonne et sonnante monnoie
Deux mille écus , que de suite j'envoie

Placer chez un riche banquier
Dont je tire un fort bon denier.

Cet acte fut taxé de simonie
Par un trop rigoureux prélat;
Le clergé veut que l'on m'excommunie,
(Vous connaissez l'esprit de notre état,
Sa morgue et sa pieuse envie.)
Je n'en pus être convaincu.
Ayant tous scrupules vaincu ,
J'usai de la bonne recette
En gardant la chose secrète.
Quand j'eus avec peine obtenu
Le titre et le rang de chanoine
Avec ma part des revenus,
Je me vis moins libre qu'un moine
Par les déserts allant pieds nus,
Vivant d'herbe et de pain d'avoine.
Un rigoureux statut portait
Qu'à telle heure on se trouverait
Au chœur pour chanter les louanges
D'un dieu qui nourrissait si gras
Des serviteurs souvent ingrats ;
Pour narrer les sanglans combats
Que les séraphins , les archanges
Livrent sans cesse aux mauvais anges;
Implorer l'intercession
De tous les saints dignes d'éloge
Comme de vénération ,

Que contient le martyrologe :
Vrai métier de galérien ,
Et les laïques n'en croient rien.
Je consolais encore en ville
Une aimable et jeune pupille
Que sa pauvre mère en mourant
(Femme justement regrettée)
M'avait surtout recommandée.
J'en avais pris l'engagement
Bien autant par reconnaissance
Que par motif de bienfaisance :
J'avais aimé trop tendrement
La bonne et respectable mère ,
Je devais avoir pour l'enfant
Toutes les entrailles d'un père.

La nature m'avait doué
D'un cœur aimant, je le confesse ;
Aussi , j'ai fortement payé
Tribut à l'humaine faiblesse :
Car si le démon de la chair ,
Digne parent de Lucifer,
Souvent sous vos grossières bures
Allume des flammes impures ,
Croyez-vous qu'il laisse en repos
Ou qu'il épargne davantage
Ces chanoines, oiseux dévots ,
Chez qui presque tous les défauts
Sont le plus fréquent appanage?

Oh ! c'est sur eux qu'il exerce sa rage
  Avec plus de malignité.
  Je l'ai bien expérimenté.
  Je ne puis vous dire, mon père,
  A quel point je suis contristé,
  Combien le passé me suggère
  De regrets, de remords cuisans.
  « J'aime en vous de tels sentimens,
  » Reprit le père Boniface,
  » Car ils annoncent que la grâce
  » Opère déjà fortement ;
  » Mais pour avoir plus sûrement
  » Parmi les élus une place
  » Dans le ciel, où Dieu vous attend,
  » Le moyen le plus efficace
  » Est d'assurer par testament,
  » Ou bien de toute autre manière
  » Que vous croirez plus régulière
  » Tous vos biens à notre couvent :
  » Par biens, je n'entends que l'argent,
  » Nous n'en pouvons recevoir d'autres,
  » Ayant fait vœu de pauvreté ;
  » Mais l'argent peut être accepté,
  » Soit à titre de charité,
  » Soit comme aumône faite aux pauvres.

  » Rassurez-vous, Monsieur l'abbé,
  » Sur cette grande vérité
  » Qu'à tout péché miséricorde ;

» Rappelez-vous de la condition
  » Sous laquelle je vous accorde
  » Avec ma bénédiction
  » La très-sainte absolution. »

Le notaire ayant pris la place
Du rusé père Boniface,
Le chanoine s'exprime ainsi :
« Je lègue à ma chère Colette,
  » Mon armoire et mon lit garni,
  » Mon grand miroir et ma casette
  » Avec les contrats et l'argent
  » Que j'y plaçai dernièrement;
  » C'est peu de chose, et je regrette
  » De ne pouvoir pas payer mieux
  » Son zèle et ses soins généreux.

  » Je fais à mes parens remise
  » De ce que je leur ai prêté
  » Depuis que je suis dans l'église ;
  » Je ne sais s'ils l'ont mérité
  » Ni quelle est la somme précise ;
  » Mais comme c'est ma volonté,
  » Par ce mot tout est acquitté.

  » Je lègue à mes pieux confrères ,
  » Que malgré moi je vais quitter,
  » Cent messes et d'autres prières
  » Que j'ai négligé d'acquitter
  » Pour une sœur hospitalière

» Et pour une riche douairière

» Qui m'en ont bien payé le prix.

» De ma coupable négligence

» Le poids charge ma conscience :

» Depuis dix ans en Paradis

» La sœur fait bouillir la tisanne,

» Je ne sais en quel hôpital;

» De l'autre on ne dit bien ni mal,

» Si non qu'elle aime la chicane,

» Et fait , comme en ce monde-ci,

» Dans l'autre enrager son mari.

» Il est de l'honneur du chapitre

» De couvrir cette omission;

» Faudrait-il un plus puissant titre

» Pour mouvoir sa dévotion?

» Le digne père Boniface

» En mon testament aurait place ,

» Si les vœux qu'il a prononcés

» Ne rejetaient mes libéralités ;

» Mais son talent et sa besace,

» Avec sa robuste santé ,

» Sont plus que suffisans, je pense,

» Pour soutenir sa pauvreté

» Dans une modeste décence.

» Je lègue à Bertrand, mon neveu,

» Qui se destine à la prêtrise,

» Ma soutane et mon surtout bleu ,

» Mes plus beaux ornemens d'église,

» Avec mon calice argenté,

» Et mes livres de piété,

» Sans en excepter mon breviaire,

» Dont je lui conseille de faire,

» Pour remplir ses oiseux momens,

» Sa lecture ordinaire,

» Ne fût-ce que pour se soustraire

» Aux frivoles amusemens

» Qui dépravent les jeunes gens,

» Et pour contracter l'habitude

» De la plus salutaire étude.

» Qu'il craigne des romans le dangereux poison,

» Ils infectent le cœur, l'esprit et la raison.

» C'est dans les saintes écritures

» Qu'il trouvera les sources pures

» Où tout prêtre doit emprunter,

» S'il veut se faire respecter,

» Les principes de sa conduite,

» La sagesse et le vrai mérite.

» Quant au surplus de tous mes biens,

» J'en fais le legs de Joséphine

» Qui n'a fortune ni moyens :

» Cette intéressante orpheline,

» Malheureux enfant de l'amour,

» Se souviendra peut-être un jour

» Que Justine Armand fut sa mère,

» Et que je fus son bienfaiteur

» Sans pouvoir me nommer son père ;
» C'est ce qui me saigne le cœur. »

Notre malade un peu bouleversé
Par tout ce qui s'était passé ,
Eut bien plus à souffrir ensuite
De la ridicule conduite
Et de la contrariété
Des deux officiers de santé.

» Du pouls , la pulsation lente ,
» Disait le grave médecin ,
» Annonce une humeur abondante ,
» Un tempérament trop sanguin.
» La langue extrêmement chargée
« Commande une prompte saignée.
» Il faut saigner par conséquent ,
» Rien ne me paraît plus urgent ;
» Hippocrate même l'indique :
» Saignez , dit-il , dans la colique ,
» Saignez , purgez , saignez surtout ,
» Purgez par l'un et l'autre bout.
» Cette ordonnance est laconique
» Et nullement énigmatique.
     » Le très-célèbre Gallien ,
» Médecin beaucoup moins ancien ,
» Dans les mêmes termes s'explique
» En son Traité sur la Colique.
» La pratique de ces anciens

» Ne peut pourtant être suivie
» Rigoureusement, j'en conviens;
» Car, comme ici bas tout varie,
» Les mœurs et les tempéramens,
» Il faut qu'à tous ces changemens
» Notre médecine se plie. »

« Vous radotez, ou vous ne savez rien,
Dit au docteur le jeune chirurgien,
» Si je suivais votre ordonnance
» Monsieur serait dans peu d'instans
» Rayé du tableau des vivans;
» Je le dis avec assurance,
» Et s'il vous plaît de m'écouter
» Je m'en vais vous le démontrer.

» Pourquoi monsieur l'abbé s'est-il trouvé malade?
» C'est pour avoir mangé, dit-on,
» Du porc frais et de la salade,
» La cuisse et l'aile d'un chapon,
» Avec du boudin sans moutarde.
» Or, vous savez que l'on regarde
» La chair de cochon, le boudin,
» Comme des mets, monsieur le médecin,
» D'une digestion pénible,
» Qu'il est même presqu'impossible
» Pour peu que l'on en ait mangé
» De n'en pas être dérangé.
» Le mal de ventre annonce une colique,

» Ou bilieuse , ou néphrétique ;

» Je m'y connais, et je soutiens

» Que le mal n'est pas dans les reins ;

» Que les douleurs et les tranchées

» Que ressent monsieur sont causées

» Par suite d'indigestion ;

» Et qu'en employant les saignées

» On diminuerait l'action

» D'nn estomac déjà débile

» Par surabondance de bile.

» Voici quel est le traitement

» A suivre dans le cas présent :

» Je crois qu'il faut premièrement

« Par le kermès ou l'émétique

» Provoquer le vomissement :

» C'est ainsi que je le pratique

» En toute espèce de colique ,

» Et pour donner l'écoulement

» Aux matières par l'autre voie ,

» Toujours avec succès j'emploie

» Le lin, la mauve et le chiendent

» Infusés dans un lavement ;

» Je veux qu'ensuite le malade

» Fasse usage de limonade ,

» De tisanne ou de bon vin blanc

» Pour purger la masse du sang. »

Le docteur écumait de rage,
Voyant celui qui lui devait

L'obéissance et le respect,
Lui manquer et lui faire outrage.
Plus d'une fois il fut tenté
De punir la témérité,
La vanité, l'impertinence
Du chirurgien plein d'arrogance,
Par un soufflet bien mérité ;
Mais il craignit la conséquence :
Le jeune homme vif, emporté,
Robuste et large d'encolure,
N'eût patiemment supporté
Un affront de cette nature.
Fort prudemment il se contint,
Et dit, tout en mordant son frein :
« Je ne prends plus rien à ma charge.
» Si monsieur meurt, je m'en décharge.
» Puisqu'enfin l'ordre est renversé,
» Qu'ici tout est bouleversé
» Au point que la crasse ignorance
» Veut l'emporter sur la science,
» Je pars. Adieu monsieur l'abbé. »

Le pauvre malade absorbé
Ne savait à quel saint se rendre ;
Le chirurgien lui fit entendre
Qu'en différant il s'exposait,
Qu'il était même urgent de prendre
Le remède qu'il préparait :
Il obéit, mais à regret.

A peine avait-il pris la dose salutaire,
Qu'au même instant arrive un jeune apothicaire,
    Portant avec précaution
    La merveilleuse infusion
    Avec l'instrument nécessaire
    Pour administrer un clystère.

« Mon ami, que m'apportes-tu ? »
Dit le chanoine avec surprise,
— » Monsieur, c'est un bouillon pointu
» Dont je garantis la vertu ;
» Tirez un peu votre chemise,
» Car cet apozème ne vaut
» Qu'autant qu'il est donné tout chaud. »

— « Ah ! vraiment, c'est une méprise,
Reprit le saint-homme d'église,
» Ai-je besoin de lavement,
» Quand j'évacue à tout moment.

    De la peur naquit une crise
    Qui le guérit subitement,
    Excepté de son dévoîment;
    Il dit alors : si Dieu me garde,
Je ne mangerai plus de boudin sans moutarde.

F I N.

www.ingramcontent.com/pod-product-compliance
Lightning Source LLC
Chambersburg PA
CBHW061530170626
46811CB00004B/1911